# LÉGENDES DE FERNANDO DE NORONHA ET AUTRES HISTOIRES

# Légendes de Fernando de Noronha et autres histoires

## ALDIVAN TORRES

Canary Of Joy

*Contents*

1                                                                          1

# 1

Légendes de Fernando de Noronha et autres histoires
Aldivan Torres
Légendes de Fernando de Noronha et autres histoires

---

Auteur : Aldivan Torres
©2020 - Aldivan Torres
Tous droits réservés.

---

_ Ce livre, y compris toutes ses parties, est protégé par des droits d'auteur et ne peut être reproduit sans l'autorisation de l'auteur, revendu ou transféré.

---

Aldivan Torres, un naturel brésilien, est un écrivain consolidé dans différents genres. Jusqu'à présent, il a publié des titres dans des dizaines de langues. Depuis ses débuts, il a toujours été un amoureux de l'art de l'écriture, consolidé une carrière professionnelle dès le deuxième semestre 2013. Vous attendez avec vos écrits pour contribuer à la culture brésilienne, réveillant le plaisir de lire chez ceux qui n'ont pas encore l'habitude. Votre mission est de conquérir le cœur de chacun de vos lecteurs. Outre la littérature, ses principaux goûts sont la musique, les voyages, les amis, la famille et le plaisir de vivre. Pour la littérature, l'égalité, la fraternité, la justice, la dignité et l'honneur de l'être humain » est toujours sa devise.

Dévouement et merci

Je dédie ce travail à Dieu, à ma famille, à mes compagnons de voyage et à mes lecteurs. Je ne serais rien sans toi. Chaque ligne écrite a un peu cette incitation et la griffe brésilienne. Nous sommes un combat, plein de rêves qui doivent encore faire de ce pays le meilleur au monde.

J'apprécie mon cadeau, les bons moments que j'ai vécus, les mauvais moments qui m'ont fait grandir, les livres lu, les bons commentaires, les critiques qui pointent des défauts, enfin, je remercie tous ceux qui font partie de ma vie. Je suis une rencontre des pensées et de l'incertitude qui mène au destin. Ce destin est la maison de chacun de mes disciples. C'est sympa d'être une partie de ta vie.

Toutes les histoires méritent d'être racontées, qu'elles soient importantes ou non. Ce sont les souvenirs qui restent éternels et éternels. Ne cherchez pas des biens matériels. Recherchez le royaume de Dieu d'abord, et toutes les autres choses vous seront données par les salaires.

## *La légende d'Alamoa*

Un groupe de pirates navigue plusieurs jours à travers l'océan portant les fruits de leurs dernières œuvres. C'est un groupe assez serré, amusant et décisif. Ils sont ensemble depuis des années dans de nombreuses aventures pour pouvoir démarrer leur union et leur coopération mutuelle. Ils étaient de vrais pirates dans leur essence intrinsèque.

Quand il approche de l'archipel de Fernando de Noronha, ils commencent à se parler.

« La nuit arrive et le corps ne se détendra pas. Que devons-nous faire maintenant, chers marins ? Il interrogea le capitaine, un grand barbu, ridé de rides à cause de l'âge.

« Je pense que nous pouvons nous asseoir maintenant. De cette façon, nous pouvons passer la nuit la plus tranquille, suggéré Pietro, un brun fort, un des marins.

« Bonne idée. Mais à quel moment ? Quelqu'un pense à quelque chose ? Il a été emballé le capitaine.

« L'île de Fernando de Noronha est près d'ici. C'est le seul endroit où on peut s'amarrer. Mais c'est aussi un endroit très dangereux, plein de créatures surnaturelles. Qu'en pensez-vous ? Il suggéra Herbert, une blonde avec une queue de cheval, l'un des hommes les plus expérimentés.

« Je pense que c'est une grosse bêtise. On est des pirates ou pas ? Ça ne me fait pas peur, affirmant une des femmes.

« Ces femmes me rendent fier. Je voulais être comme eux. Ces légendes parlent le cuisinier du groupe.

« Cela est prévu. Ce que vous manquez de courage, laisse dans la cuisine des compétences. C'est pour ça que votre partie de notre équipe, vous avez affirmé le capitaine.

« Merci pour vos compliments, capitaine. Je promets d'améliorer de plus en plus le cuisinier est revenu.

~" Nous allons à Fernando de Noronha pour faire l'histoire. Je suis sûr que ça ira, décidé le capitaine.

« Alors qu'ils souhaitent aux autres membres.

Le bateau a été dirigé vers l'île. Dans chacun d'eux, il y avait un sentiment d'aventure, de peur et d'attente. Que se passerait-il ? Est-ce que de telles histoires étaient vraies ? La seule certitude qu'ils avaient, c'était qu'ils affronteraient tous les obstacles. Ils étaient fiers d'être si courageux. Ils faisaient la gloire des pirates les plus craints de l'océan.

« Je peux voir l'île. Nous arrivons, messieurs ! J'en ai annoncé l'un.

Il y a une fusse sur le vaisseau et tout le monde coopère pour une meilleure arrivée. Dans quelques minutes, ils amarrent le navire à bord de la mer et tout le monde descend. L'île était calme et froide comme d'habitude. Un spectacle de beauté pour tous ceux qui y étaient. Le capitaine reprend le dialogue :

« Maintenant, nous sommes sur la terre sèche. Les hommes, tête dans les bois. Va chercher de la nourriture et du bois pour construire un feu. Nous devons construire une cabine aussi. Elle sera abri pour nous tous parce qu'il y a beaucoup d'animaux féroces ici. Les femmes, dégagez le sol pendant que nous attendons l'arrivée de nos chers marins.

« C'est exact. Nous allons accomplir l'ordre, monsieur.

Quelle équipe dévouée ! C'est parfois quand je me sens une grande fierté.

Les groupes se sont séparés pour suivre les ordres du patron. L'île de Fernando de Noronha respire l'air de tranquillité, de mer et de mystère. Ali, tout pourrait arriver. Un moment plus tard, les groupes reviennent avec les tâches accomplies.

« Enfin, le feu et les tentes sont prêts. Maintenant, nous devons préparer la nourriture suggérée par le capitaine.

« Je le ferai immédiatement, promis au cuisinier.

« C'est comme ça que ça a été fait. Le cuisinier a commencé à cuisiner délicieusement de la nourriture. Nous nous reposerons sur le sol de l'épuisement.

« Quelle belle odeur ! Ces poissons ont l'air très savoureux.

« Merci, patron ! J'essaie de vous offrir un bon repas, vous avez réclamé le cuisinier.

« Je sais. En plus des créatures surnaturelles portuaires de l'île, ils disent qu'elle a soif de trésors incalculables informé Herbert.

« C'est très bon. Êtes-vous prêt à m'aider à trouver ce trésor, marin ? Il a demandé au capitaine.

« Que ne fais-je pas pour mon chef ? Oui, je peux risquer ma vie.

« Je suis heureux que vous ayez décidé. Il suffit de remplir le serment du pirate ; l'action d'un pirate protège les autres. (Capitaine)

« Je promets que mon travail sera fait de cette façon. (Herbert)

« La nourriture est prête ! Viens manger, bande de cul ! (Cuisiner)

Tout le monde s'est rassemblé autour du feu. Au loin, on entendait des hurlements terrifiants des loups. La nuit allait de l'avant.

« Comme toujours, la nourriture est délicieuse. Où trouvez-vous votre talent, cher serviteur ? (Capitaine)

« Je crois que j'ai appris de ma mère. Qu'elle repose en paix en bon endroit. Depuis l'enfance, elle m'a appris beaucoup de recettes. Avec ça, j'aime la cuisine.

« Bénissez votre mère. Vous nous avez laissé une personne merveilleuse, compétente et délicate. (Pluie, une des femmes)

« Merci, mon pote. Je vais essayer de les servir le mieux que je peux. Je suis content d'être agréable.

« Tout ce dont vous avez besoin, c'est d'avoir un peu plus de courage. (Bella, une autre femme)

« Tu as raison. Mais y a-t-il quelqu'un parfait dans ce monde ? (Cuisiner)

« Personne. Je plaisantais. Tu n'as pas à essayer de changer. Tu es assez utile pour nous. (Bella)

« Merci ! (Cuisiner)

La conversation s'est poursuivie sur plusieurs questions et avec ce temps passait. Le capitaine annonça alors :

« Il est temps de se coucher. Tu peux t'occuper de nous, Pietro ?

« Oui. Absolument. Tu peux dormir tranquillement. Rien ne leur fera du mal.

L'équipage est allé dormir pendant que le garde s'occupait de tout le monde. Pendant ce temps, la nuit allait plus loin. Près de minuit, une figure étrange l'approchait.

« Bonne nuit, bon gentleman. Pouvez-vous m'aider ?

« Que voulez-vous, ma chère dame ? Que fais-tu seule cette nuit froide ?

« Je suis résident de l'île et j'ai entendu votre conversation. Vous cherchez le trésor ?

« Oui. Comment peux-tu m'aider ?

« Je sais exactement où est l'argent. Je ne peux pas l'avoir parce que j'ai peur.

« Intéressant. Quelle est votre proposition ?

« Retrouvons le trésor ensemble. Dès qu'on aura le prix, on partagera le prix.

« Cela ressemble à une bonne idée. Mais comment suis-je censé quitter mon équipe sans garde ?

« Rien ne leur arrivera. C'est un quartier très calme. Le feu effrayera les animaux dangereux. En plus, le plus grand souhait de votre capitaine est le trésor. Avez-vous pensé à sa joie quand il découvrira que vous l'avez eu ? Tu es vraiment promu.

« Ce sera une grande surprise. Qu'est-ce qu'on attend ? Emmenez-nous au site du trésor.

« D'accord ! On y va tout de suite ! »

Le duo dynamique a commencé à marcher et a traversé l'île. Ils font un arrêt stratégique au pic Alamoa.

« On dit que le pic d'Alamoa est trop dangereux. On continue ? (Pietro)

« Tu crois toujours à ces croyances ? Oublie la superstition et on continuera à marcher. Le trésor nous attend. (Lady)

« Vous vivez ici depuis longtemps ?

« Je suis un naturel ici. Cet endroit est béni par Dieu. C'est dommage que beaucoup de gens virent les touristes avec de fausses rumeurs.

« Qu'est-ce que cela signifie ?

« Concurrence. C'est le paradis. Les gens sont égoïstes et centralisés.

« Et vous, n'est-ce pas ?

« Nous parlons de business. Tu veux le trésor ?

« Bien sûr, je le sais.

- D'accord.

La promenade continue un moment. En haut, l'étrange figure est devenue un mélange de démon et de femme blonde.

« Nous sommes là ! Où est le trésor ? (Pietro)

« Dans ton esprit idiot.

« Qui êtes-vous ?

« Je suis Alamoa, la déesse de l'île. Tu as envahi mon espace. Maintenant, vous paierez avec votre propre vie pour la paix de vos collègues.

Le diable l'a attaqué et dévoré. Une autre victime de ce légendaire figure. Le dicton dit : "Dans le monde, il y a tout et nous ne devons pas en douter."

## *Le gitan*

Un groupe de gitans a atterri sur l'île de Fernando de Noronha après avoir été viré du continent.

« Nous sommes là. C'est notre terre. On nous a viré du continent pour nettoyage racial. Cependant, nous sommes beaucoup plus que le blanc le pense. Nous sommes des messagers de Bel, le Dieu Tout-puissant.

« C'est vrai, ma sœur. On n'a pas besoin de l'homme blanc. Nous avons la force de l'esprit qui mène nos rêves. En outre, nous ne sommes pas meilleur ou pire que quiconque. Nous considérons cet exil comme un apprentissage. Oublions les chagrins, la douleur et les désagréments sont passés.

« Nous considérerons cet exil comme un apprentissage. Oublions les chagrins, la douleur et le dégoût du passé.

« Nous devons, pour, évoluer dans notre quête de Dieu. Laissez-le nous aider.

« Qu'il soit fait.

Parler sur la plage de l'île au coucher du soleil.

« Quelle île merveilleuse. Après avoir été viré du continent, ça ne semble pas être une mauvaise idée. Je sens ma force qui me pousse et rajeunit. Je me sens donc complet.

« Moi aussi, ma sœur. Nous devons être prêts à recevoir les visiteurs la nuit.

« Y a-t-il quelqu'un d'autre sur cette île perdue ?

« Oui, un pirate néerlandais et un prêtre.

« Pas de femmes ? Suis-je en sécurité ici ?

« Oui, tu l'es. Qu'est-ce qui ne va pas avec ça ? Je sais que tu peux te défendre.

« C'est vrai. Je suis un maître de la séduction et du contrôle spirituel. Il n'y a pas d'homme qui ne succombe pas à mes charmes. Je suis prêt pour ce qui arrive et part !

« C'est la façon de parler, ma sœur. Je reviens dans un moment. Je dois nous chercher du bois et de la nourriture.

« C'est exact. Pendant ce temps, je vais méditer un peu.

Le gitan se met dans un état de méditation. Un calme doux remplit tout l'environnement dans le tonnerre et la foudre.

« Mes dieux puissants, entités qui soufflent de là à ici, je vous demande de l'inspiration et de la protection dans les jours. Soyez amis avec mes amis et ennemis de mes ennemis. Bref, le destin prévaut dans ma vie.

Le frère du gitan est venu construire la cabine.

« La cabine est prête !

« Génial ! Bon travail, mon frère.

Puis un prêtre et un pirate sont venus te tenir compagnie et parler un peu.

« Nous sommes venus saluer nos nouveaux voisins. Que la paix du Christ soit avec vous ! (Père)

« Apprécié, Père. Je vous souhaite la même chose. (Tsigane)

« Que les bons esprits vous protègent.

« Merci, mon pote. Voici le capitaine Willy, un ami pirate qui me garde compagnie depuis des années.

« Bienvenue, Willy ! (Tsigane)

« Sois mon invité, mon pote ! (Frère)

« J'apprécie votre hospitalité. J'adore cet endroit, mais je me sens très seul. (Willy)

« Mais n'avez-vous pas le prêtre ? (Frère)

« Ne pas vouloir mépriser mon collègue, ce n'est pas pareil. Être autour d'une femme me semble me changer complètement. (Willy)

« Je vois. Mais gardez nos distances. Le respect est le premier. (Tsigane)

« Bien sûr, mademoiselle. Je ne vous ai pas manqué de respect, même si vous avez tant d'attributs. (Willy)

« Dieu merci.

« En plus, je suis là pour te défendre. (Frère)

« Merci pour le soutien, mon frère. (Tsigane)

« Sois calme. Nous sommes venus pour la paix. (Père)

« Alors, mangeons-nous ? Ils doivent avoir faim.

« Tu l'as coincé, ma chère. (Willy)

Le quatuor est entré dans la cabine. Le dîner a été servi et repris la conversation.

« Depuis combien de temps êtes-vous sur l'île ? (Frère)

« Il y a trois ans. Nous sommes les gardiens de cet endroit pour le gouvernement. On ne compare pas avec la décision de nos supérieurs. Pour nous, les gitans sont très gentils et intelligents. Nous sommes frères en Christ.

« Ton genre, Père. Pour les autres, on est des ordures. On est une chose pourrie qui peut être jetée. C'est douloureux que l'exclusion soit blessée à l'âme. Nous sommes aussi des enfants du même Dieu.

« Ce qu'ils veulent, c'est que nous mourrions ici. Vous pouvez même obtenir ça, mais les responsables ne s'en tireront pas. (Frère)

« Du calme, mon garçon. Pensez au bon côté. Vous pouvez profiter de ce sanctuaire avec nous. Tu n'as pas besoin de rien d'autre. (Willy)

« Tu as raison. Maintenant, nous sommes enfin libres.

« Boisons et mangeons en l'honneur de cette belle journée. Le jour où nos amis bien-aimés sont arrivés ici.

« Oui, c'est une bonne raison pour la célébration. (Willy)

Ça a été une longue nuit arrosée par la nourriture et des boissons fortes. Le petit gitan s'est endormi profondément dans la cabine. Avec cela, les étrangers en profitèrent et l'ont violée.

« Comment ? Qu'est-ce qui ne va pas ? Que s'est-il passé ? (Tsigane)

« Je ne sais pas, ma sœur. Je sais que ces salauds ont fui. Tu veux que je les retrouve ? (Frère)

« Non. Je le ferai moi-même. Je n'ai plus envie de vivre après ce qu'ils m'ont fait. En outre, je délivre pour l'autre monde aujourd'hui. Mais ma malédiction est pour tous ceux qui approchent cet endroit. Comme ça, ils me respecteront. Je ne suis pas gitane par hasard.

Les hommes qui ont violé la fille sont morts dans des accidents mystérieux. Depuis ce jour, le gitan est devenu une légende de Fernando de l'île Noronha.

## *Un toit*

Chez le général

Dans l'une des rares résidences de Fernando de l'île Noronha, on retrouve le général Felipe Moreira, sa fille Luiza et sa femme Albertina.

Luiza

Papa, tu as l'air fatigué. Que s'est-il passé ?

Felipe Moreira

Je suis inquiet. J'ai des méchants dangereux en prison. Ils ont été expulsés du continent, et ils n'ont pas l'air sympathiques du tout.

Albertina

Qu'est-ce qu'il y a, mec ? Tu as peur ? Vous êtes le général ici. Fais-toi confiance.

Felipe Moreira

Ce n'est pas ça, femme. Ma position n'est pas à l'aise. Il faut s'occuper de ça.

Albertina

Je vois. Je prierai que tout va bien.

Luiza

Moi aussi, maman.

Felipe Moreira

Je vous laisse cette mission. En outre, je ne suis pas un à croire en ce genre de choses. Je suis plus attaché à la science et à la politique.

Luiza

On sait, papa. Ne t'inquiète pas. Tu peux aller travailler. Tout ira bien.

Felipe Moreira

J'arrive, ma fille. Soyez en paix.

## *La prison fédérale*

Le général entre dans la prison, mais il ressent quelque chose d'étrange. De derrière, trois hommes l'arrêtent.

Felipe Moreira

Qu'est-ce que tu fais ? Qu'est-ce qui va se passer ?

Ezéchiel

Nous sommes la résistance, vieux ! Nous sommes heureux de cette opportunité de réaction. En outre, nous n'acceptons pas vos règles ! Nous voulons être libres, en effet et légitimement libres. Mais tu ne nous accepteras pas ! Vous nous arrêtez parce qu'on a enfreint la loi, mais nous voulons juste la paix ! Vous n'avez pas le droit de décider de nos vies !

Bien reçu

Vous représentez l'oppression et la discrimination pour nous. En outre, vous êtes notre adversaire. Nous n'aurons aucune pitié pour vous ou pour le gouvernement parce qu'ils n'ont pas de considération pour nous. C'est notre moment de vengeance !

Andrade

Saviez-vous que vous allez mourir ? Tu paieras pour ton erreur. Nous ne sommes pas ceux qui payent. Un jour, c'est la chasse et un autre jour, c'est les chasseurs.

Felipe Moreira

Je suis juste un simple employé. Je suis un homme de loi et des obligations. Tu peux même me tuer, mais ça ne va pas effacer ce que tu as fait. Je ne te laisserai pas seule dans ta vie. Tu vas avoir du changement.

Ezéchiel

T'es plein de merde.

Les trois hommes ont agi et étranglé le général. Ses cris écho jusqu'à sa mort. Le grief reste sur l'île.

Enterré

La famille s'est rassemblée, pleurée pour la mort du général. Ils sont venus pratiquement tous les parents pour dire au revoir à ce chef important du gouvernement. Ils ont passé toute la journée à regarder le corps au milieu de la prière pour leur âme. Toutefois, tout le monde voulait se venger.

La marche funéraire a déménagé au cimetière. Le moment est venu pour le témoignage de la famille :

Luiza

C'était un père modèle. Il a fait toutes ses obligations. Je n'ai jamais rien manqué. J'ai eu de la nourriture, des loisirs, des vêtements, des chaussures et des conversations agréables. C'était un père remarquable. Il était poli, gentil et doux. C'était des années de bonnes émotions de ton côté. Alors, papa, va en paix. Avec vous, ce sera mes prières et mes prières. Je n'oublierai jamais le bon père que tu étais. Je serai toujours reconnaissant pour tout ce que tu as fait pour notre famille.

Tante Bernice

C'était un homme très social. Un exemple de professionnel pour tous ceux qui l'admiraient. Il était très responsable de sa famille. Il nous a toujours visités et nous a soutenus. En outre, il mérite le meilleur mérite au moment de la mort.

Albertina

Il était l'amour de ma vie. On s'est rencontrés à l'université de Recife. C'était l'amour au premier regard. Depuis, on n'est jamais séparés. Nous avons construit une famille ensemble et un nom de respect. Je dois vous remercier pour 30 ans de mariage.

Laisse tomber pour le général.

Crie un des cadeaux en un dernier acte d'adieu.

## *La nuit de la vengeance*

La nuit de pleine lune est arrivée. Sept jours après la mort du général, son âme se réveilla avec une soif de vengeance. Après avoir monté les toits, il a atteint la chambre de l'ennemi. Avec sa puissance spirituelle, il a mis le feu à tout l'environnement pendant que les ennemis dormaient.

Ils se réveillèrent être mangés par les flammes. Avant les souffrances des rivaux, les loups rirent. Le diable vient et porte toutes les âmes locatives. Vengeance prévue et réussie. Un mélange de paix remplit la famille du général. Sa mort avait été vengée. Qui fait mal de fer, avec lui sera blessé ?

Dès ce jour, la légende a été créée et terrorisée les résidents de l'île.

## *Les Géants de Fernando de Noronha*

Dans les temps reculés, il y avait un royaume riche et précieux sur l'île qui dominait toute la région actuelle de l'Amérique du Sud. C'est à propos des Géants de Noronha. C'était une société formée par des hommes et des femmes géants, liée au mysticisme de la nature et de la religion. Il y avait des règles claires de communion étroite avec le créateur et l'obéissance aux supérieurs.

Mais c'était une société sans amour ni relations sociales fortes. Cela a duré des siècles jusqu'à ce que quelque chose d'inattendu se produise entre deux géants.

Rodney

Je ne sais pas ce que ça fait, Grace. Mais je sens quelque chose d'étrange. C'est un tracé d'émotions qui domine tout mon corps. Je sens mon cœur frapper, mes jambes tremblent et j'ai hâte de te voir. Pendant la journée, mes pensées se concentrent sur savoir comment tu es. Et la nuit, j'imagine des situations avec vous. C'est presque une dépendance chimique. Je dois toujours être avec toi. Je dois participer à votre vie d'une manière ou d'une autre. Suis-je pécheur ? Je ne comprends pas ces lois que nous suivons. Ce sont des lois si dures et sans sens. Pourquoi aimer quelqu'un loin et mépriser qui est proche ? J'ai besoin d'une chaleur humaine. Parce que je ne sens pas les désirs ou comme quelqu'un ? Pourquoi cette fixation sur dominer le monde ? Après que je vous ai rencontré, rien de tout ça n'a de sens pour moi. Je préfère sentir exactement ce que j'ai décrit. Qu'en pensez-vous, mon chéri ?

Grace

Ça me semble vraiment familier. J'ai l'impression que ça arrive dans ma vie. Je sens le besoin d'être jolie, de marcher, d'être avec toi à chaque instant. Je me sens dépendant de votre entreprise et de votre protection. Votre présence m'apporte une sécurité que je n'ai jamais ressentie avec personne. Je connais notre loi. Mais je n'ai pas peur des autres. Je pense que le risque en vaut la peine. Cette découverte m'apporte la paix et me rend affligée en même temps. Pourquoi ne pouvons-nous pas vivre cet amour ? Je pense qu'on est libres. Nous devons essayer de trouver ce point d'explosion que nous méritons. Nous devons faire pleurer notre liberté une fois pour toutes.

Rodney

Je suis d'accord avec vous. Alors, laissez-nous guider complètement.

Les amants se donnèrent leur passion et découvrent les plaisirs charnels. Quand les autres découvrent la transgression de la loi, ils furent sacrifiés. Les seins de la femme ont été arrachés et sont devenus le Mort des deux frères. L'organe génital de l'homme a été coupé en créant le Pico Die.

## *La Golden Pot Femme*

L'île de Fernando de Noronha a toujours reçu de nombreuses visites de pirates de tous les endroits du monde. Ils disent que l'endroit est plein de trésors enterrés et rempli de créatures surnaturelles. C'est généralement les âmes des pirates qui sont morts en gardant l'or.

L'île est un endroit touristique merveilleux à cause de ses beautés naturelles. C'est considéré comme l'un des plus beaux endroits au monde. Cherchant un reste de sa vie assigné, Andrew et sa femme Meggie atterrirent sur l'île.

Le couple, en plus d'aimer voyager, c'est un couple chasseur de trésors. Après avoir beaucoup de plaisir toute la journée, ils sont sortis pour marcher au milieu de la nuit avec seulement le clair de lune et leur lampe de poche.

Andrew

Quel endroit fantastique ! J'adore ce voyage, mon amour. Mais en fait, nous devrions être professionnels. Je veux être riche avec les trésors de l'île. Je veux pouvoir avoir la vie dont j'ai toujours rêvé. On le mérite. Nous avons toujours combattu toute notre vie.

Meggie

Je suis d'accord, chéri. Mais soyons prudents. Les propriétaires du trésor pourraient être dérangés. Nous devons élaborer une stratégie parfaite. Je crois qu'on est sur la bonne piste.

Andrew

Bien sûr que si. J'ai pensé à tout. Rien de mal ne peut nous arriver.

Dans ce cas, il apparut à leur champ de vision une vieille femme méchante qui se présentait :

Vieux

J'ai faim, messieurs. Pourriez-vous me partager le pain que vous avez dans le sac ?

Meggie

Bien sûr, madame. Prends ces deux pains. Ça vous facilitera la faim.

Vieux

Je vous suis très reconnaissant pour votre charité. Pour une rétribution, je te donnerai mon pot de compagnie. J'ai trouvé cette casserole enterrée dans l'un des endroits de l'île. J'attendais la bonne personne à qui le donner. À plus tard. Sois avec Dieu.

Le couple a eu du pot. Lorsqu'ils l'ouvraient, ils trouvèrent plusieurs pièces d'or qui représentaient une petite fortune. C'est comme si le disant disait : "L'univers rembourse exactement ce qu'on lui offre."

## *Géant de minuit*

Sur les nuits de lune, il apparaît habituellement à Fernando de Noronha un homme de stature gigantesque. Le géant s'approche de la plage et portant un chapeau tombé, et il a commencé à pêcher. Depuis son apparence, personne ne pouvait pêcher. Par magie, tous les poissons étaient attirés sur le navire de ces illustres figures.

Si quelqu'un essayait de le suivre ou l'attraper, il suivait sa marche et disparaissait au milieu des bois. Puis il réapparaît à un autre moment sur l'île qu'il était plus pacifique. Le géant dominait simplement la pêche sur l'île et faisait peur à tout le monde.

Finis la pêche, le géant s'est joint aux fantômes, aux gobelins et aux fées pour organiser une fête agitée. Avec beaucoup de danses, de musique, de sexe et de drogues, on les appelait le groupe Libertinage. Certains habitants de l'île se sont réjouis de cette culture et ont participé au racket.

Les parties ont duré des semaines ou des mois. Alors, le géant était parti un moment. C'était sa période d'hibernation dans le monde astral. Parce que c'était un endroit magique, l'île couvrait plusieurs dimensions spirituelles. Leurs amis retourneraient travailler et attendraient avec inquiétude une nouvelle réunion qui promettait plus d'émotions que la dernière fois. C'est comme si le dicton se passe, la vie est faite de moments et de plaisir.

## Le trésor perdu

Vers le XVIe siècle, il atterrit sur l'île un des pirates les plus redoutés de l'époque. Francis Drake était un grand pirate, un rappeur riche, un violeur de femmes, un tueur d'enfants parmi d'autres choses terribles. Récemment, il avait volé un navire et était poursuivi.

Astucieux, il cherche un endroit sûr pour enterrer son trésor. C'était une richesse incalculable de pièces, de bijoux précieux, de barres d'or et d'effets personnels. Il gardait ce trésor dans une des grottes les plus inaccessibles de l'île.

Avant de quitter l'endroit, il jeta un sort dans la grotte. Le trésor était donc gardé par trois créatures surnaturelles, une créature à moitié once et demi serpent, une créature moitié crocodile et demi dragon, une créature à moitié homme et demi aigle. Tous ceux qui ont essayé de sauver le trésor ont été détruits.

## Le garçon infirmé, sans dents

La légende nous dit que John était un garçon très vilain pour ses parents. Tous les conseils qu'il a reçus, il dédaigna et poursuivit son mal. La situation empirait qu'elle soit atteinte à un point insoutenable. Ton beau-père a réagi et lui a donné un gros coup de battement qui a cassé toutes ses dents et une jambe.

Après ce jour, le garçon est tombé malade et était triste. Il passa trois mois entre la vie et la mort jusqu'à ce qu'il soit enfin décédé en raison des complications de la blessure. Comme punition pour être un si mauvais garçon, il est devenu une île épave à l'âme. Tout enfant qui désobéit à ses parents et part au milieu de la nuit, il poursuit et effrayé.

## Le Monstre de la mer

La baie sud-est était un endroit magique. Au milieu de la nuit, il y avait des bruits et des gémissements assourdissants. Ce sont des monstres terribles qui ont entouré l'île. Ce sont des créatures de la ville ancienne d'Atlantis qui apparaissent mystérieusement. Ils étaient des espèces de requins, de baleines tueuses, de serpents, de crocodiles géants, entre autres.

La légende nous dit que l'Atlantique et Fernando de Noronha faisaient partie du même gouvernement astral. C'est le gouvernement de Prince Tefeth, qui n'a ordonné aucun inconnu d'approcher son domaine. Ces créatures magiques furent enchantées par leur sort et étaient des serviteurs de leur domaine et de leur pouvoir.

Quiconque s'approchait et essayait de pêcher sur la côte à cette époque était envahi et avait une fin terrible. Les sirènes ont sucé le sang de la victime et partagé avec les poissons, les restes de la chair. Donc, chacun d'entre vous respecte vos limites et ne tente pas de faire face aux dominions du Prince Tefeth.

## La femme lourde

Forêt

Mec

Je marche depuis des jours sans repos. Je ne peux plus le supporter. Je vais devoir passer la nuit ici au milieu de ces bois.

Poisson volant

Quand la nuit tombe, je prépare mon dîner. Le poisson sera délicieux. C'est une nourriture très saine.

Méditation

C'est terrible de rester ici, mais je n'ai pas le choix. Je vais devoir me remettre de la peur parce que je suis dans un endroit plein de légendes et de fantasmes.

Manger

La nourriture a l'air délicieuse. Je suis content d'avoir appris à cuisiner depuis que j'étais jeune.

Tue

J'ai déjà mangé ! Je suis assez fatiguée. Je vais essayer de dormir

Femme lourde

Je vais t'étouffer ! Tu ne survivras pas !

Mec

Tu es le fou ! Ton chapeau est à moi !

Femme lourde

Rendez-moi mon chapeau.

Mec

Bien sûr, je vais le rendre. Mais tu dois répondre à mon souhait.

Femme lourde

Que voulez-vous ?

Mec

Je suis très pauvre. Je veux devenir riche.

Femme lourde

Très bien. Je vous accorde votre souhait. Tu seras l'homme le plus riche de la région.

Mec

Merci. Je vais profiter de la vie avec beaucoup d'argent. C'est tout ce que je n'ai jamais voulu. Ravi de faire affaire avec toi, Heavy Femmes.

La maison hantée

Fils

Maman, cette maison est si bizarre. Je vois le bruit de casser les plats, les portes sont griffées, les marches, les torches de foudre volante et les fantômes. J'ai tellement peur !

Maman

Calme-toi, fiston, tu dois être un esprit souffrant. Les anciens résidents de cette maison étaient des sorcières. Un travail spirituel de leur piéger ce pauvre esprit.

Fils

Comment puis-je vous aider ?

Maman

La prochaine fois que l'esprit vient, tu lui parles. Aidez cette pauvre créature.

Fils

C'est exact. Je promets que je vais essayer de le faire.

Maman

Tu es un bon jeune homme. C'est la fierté de maman.

Fils

Tu es aussi ma fierté. Merci pour le conseil.

Chambre

Jeune

Tu es venu. Comment puis-je vous aider ?

Fantôme

Merci pour l'intérêt, petit. Mais je ne veux pas de ton aide. C'est ma maison et je veux que tu partes. Je te promets que je ne te ferai pas de mal si tu m'obéis.

Jeune

Mais pourquoi on s'en fout ?

Fantôme

Je n'ai pas à expliquer. Je veux juste que tu partes.

Jeune

C'est exact. Je prierai pour toi.

Fantôme

Ne fais pas ça. Je suis un ange déchu. Je ne veux pas de ça, et je ne veux pas de la lumière. Laissez-moi tranquille.

Jeune

Ta volonté sera faite !

Le loup

Chambre

Maman

Fiston, va faire du shopping au supermarché parce que le pantalon est vide.

Fils

Je ne le ferai pas, maman. Je suis occupé. Si tu veux, va le chercher toi-même.

Maman

C'est ingrat ! Tu ne te souviens pas de tout ce que je fais pour toi ?

Fils

Tu le fais parce que tu veux. Chacun qui s'occupe de ses propres responsabilités.

Cuisine

Maman

On m'a dit pour toi. Est-ce vrai que vous demandez des aumônes dans la rue ?

Fils

Oui, c'est vrai. Je vais le faire parce que tu ne me donnes pas de l'argent.

Maman

Je ne suis pas obligé de te donner de l'argent. Tu es déjà un garçon. Si tu veux de l'argent, va travailler !

Fils

Pourquoi ne m'aimes-tu pas ? Je suis ton fils unique et tu ne me valorises pas.

Maman

Je t'aime. Mais tu m'embarrasses tout le temps. Je ne suis pas d'accord avec vos attitudes.

Fils

Ordinaire ! Je vais t'apprendre une leçon !

Le fils bat sa mère

Maman

Saloperie ! Pourquoi m'avoir frappé, je te cache ! À partir de maintenant, tu vas mentir sur l'herbe comme un animal. Tu seras un loup !

Maman

Vous êtes une leçon pour tous les enfants rebelles. Le respect des parents est la loi de Dieu. Tu ne seras plus jamais un homme parce que tu battras ta propre mère.

## *Le monstre de la forêt*

Maman

Chérie, il n'y a pas de bois. Tu peux me l'avoir ?

Épouse

Femme, c'est la nuit. Pourquoi n'avez-vous pas demandé en premier ?

Maman

Je n'ai même pas remarqué le manque de bois. Ne me dis pas que tu as peur. Un homme si grand ! Honte sur toi !

Épouse

Ce n'est pas la peur ! C'est juste une précaution. Mais si c'est urgent, je prendrai ma chance !

Maman

C'est pour ça que je t'aime, bébé.

Mec

Être dans la nature est quelque chose d'incroyable et dangereux. La nuit tombe et rend la forêt encore plus mystérieuse. C'est sympa d'être une partie de ça ! Le propriétaire de tout ceci est Dieu. Certains sont fiers, mais ils n'ont rien. On est juste de la poussière et de la poussière, on reviendra. Alors, adore ça intensément.

J'ai une belle femme. C'était la femme que mes rêves pouvaient conquérir. Je fais même des trucs fous pour elle. Un exemple est d'être ici dans les bois en cours de danger. J'espère que je sortirai de tout ça vivant !

Mec

J'ai trouvé le bois. Maintenant, je rentre chez moi !

Un monstre ! Oh, mon Dieu !

Chez moi

Femme

Quoi de neuf, mec ? Pourquoi es-tu désespéré ?

Mec

J'ai vu un monstre ! Je n'aurais pas dû t'écouter ! J'ai failli me faire foutre.

Femme

Oh, mon Dieu ! Quelle horreur ! Comment pourrais-je deviner, mon amour ? Je voulais juste le bois. Merci d'avoir essayé ! Je te pardonne !

Mec

Tu me pardonnes toujours ? Quel sarcastique ! Mais c'est bon. Autant que je t'aime, je ne vais plus jamais aller dans les bois la nuit. Tu ne me demandes même pas.

Femme

Pas de problème ! L'important, c'est que notre amour reste. Tu es mon or, mon amour.

Mec

Tu es important pour moi aussi. Je te pardonne !

L'île Pearl en Polynésie

Après des heures de traverser la mer révoltante, l'équipe série approche une île. Il faisait noir et ils étaient flous et fatigués. Ils le règlent et l'accostent sur l'île.

Divine

On est enfin là ! J'en avais marre du grand passage en mer. Avec cela, de nouveaux espoirs s'élèvent. Je suis très excité pour cette nouvelle étape d'apprentissage.

Renato

Moi aussi, cher compagnon d'aventure. L'anxiété me définit complètement. Le passage de mer était intéressant et revigorant. Mais je veux plus d'émotions et d'aventures.

Gardien

On apprendra plus, c'est sûr. Ça me semble être une belle île. Un endroit où se reposer et réfléchir. Espérons qu'on trouve un signe de vie.

Alexis

Ils viennent de le trouver. Je suis directeur de l'île. Je m'appelle Alexis. Qui êtes-vous ?

Divine

Je suis le fils de Dieu. Mais ils me connaissent aussi comme médium ou Divine. On est en vacances. Le destin nous a amenés ici.

Renato

Je m'appelle Renato. Je suis une partie intégrante de l'équipe du médium. J'adore les aventures fantastiques.

Gardien

Je suis l'esprit de la montagne. Je suis le conseiller de l'équipe. C'est un honneur d'être ici. On est fatigués. Pourriez-vous nous aider ?

Alexis

Tu peux compter sur mon aide. Viens avec moi. Ma maison est près d'ici.

Le quatuor commence à marcher sur la plage de l'île. Ensuite, ils sont dans les bois fermés. Grâce au guide, en quelques minutes, ils peuvent atteindre une cabine simple et rustique avec vue de la mer. C'est tout ce qu'ils avaient besoin à ce moment-là. Ils entrent dans la maison et s'installent dans la pièce.

Divine

Pouvez-vous nous dire où exactement nous sommes ?

Alexis

Vous êtes sur l'île Pitcairn en Polynésie.

Renato

C'est merveilleux. Pouvez-vous raconter votre histoire ?

Alexis

Les humains sont sur cette île depuis plus d'un millénaire. Ils utilisaient cette île et l'île voisine connue sous le nom de Henderson. Dès le début, les habitants des deux îles ont coopéré entre eux créant un commerce solide. Cependant, il y a eu une catastrophe environnementale au XVIe siècle qui impossible de communiquer entre les îles. Environ une centaine d'années plus tard, les îles ont été redécouvertes par les Anglais. Nous sommes devenus colonie britannique en 1838. En fait, peu de gens vivent ici.

Gardien

Vivre sur une île doit être extrêmement difficile. Quel est votre économie ?

Alexis

Nous avons un sol très fertile. Nous avons planté beaucoup de fruits, de légumes et de céréales. Nous pêchons et faisons de l'artisanat aussi. Nous sommes aussi un pays de richesses minérales. Nous avons produit beaucoup de métaux précieux.

Divine

Comment votre communication fonctionne-t-elle avec le monde ?

Alexis

Nous avons accès à la télévision, à la radio et à Internet. Le monde moderne est certainement arrivé sur notre île.

Renato

Comment va ton mode de vie ? Qu'est-ce que tu crois ?

Alexis

Dans les temps anciens, nous avons suivi des règles très strictes. Mais avec la mondialisation, nous sommes totalement libéraux. Nous croyons en Dieu.

Gardien

Y a-t-il des fantômes par ici ?

Alexis

Beaucoup de fantômes. Les maisons les plus anciennes sont hantées par plusieurs d'entre elles. Nous avons évité de sortir la nuit en craint le loup-garou ou le singe géant.

Renato

Oh, mon Dieu ! J'ai tellement peur ! Où est-on allé ?

Divine

Très calme à cette époque, Renato. C'est juste une nuit qu'on sera là. Rien de mal ne va arriver.

Alexis

Tu n'as rien à t'inquiéter. Ces monstres ne sont apparus que sur la pleine lune. Tu es en sécurité.

Gardien

Bien. On est plus calmes. Ça va être un super séjour.

Alexis

Maintenant, c'est mon tour de demander. Comment es-tu arrivé ici ? Qui êtes-vous vraiment ?

Divine

Je suis médium. Nous venons du Brésil. Nous sommes les personnages principaux de la série le médium. Avec le temps, nous allons faire des aventures plus difficiles. C'est la partie des Aventures dans le monde. Nous avons abandonné tous nos engagements pour pouvoir rencontrer de nouvelles cultures, lieux et croyances. C'est très instigateur de voyager, de sentir, d'apprendre et d'aider les gens. Je crois que chaque être humain à sa mission. Chacun peut jouer un bon rôle en contribuant à un monde meilleur. Si je pouvais vous donner un conseil, je dirais : "Aimez plus, vivez plus, pardonnez-moi plus." Mais aussi ne pas avoir de mauvaises influences. Le loup ne peut pas vivre avec des moutons. Alors rassemblez les choses. Être heureux est une question de choix. Tu ne seras pas un partenaire qui te fera une chance. Sois heureuse pour toi. Grandis et gagne. Soyez la piste de votre propre vie.

Alexis

Bien joué, chéri. J'ai toujours été guidé par un bon comportement. Nous apprenons de nos parents les bonnes valeurs. Tu sais, être loin de la violence urbaine est un grand prix. C'est comme si nous étions au ciel promis par le Christ. Grâce à nos communications, nous réalisons que le monde ne va pas bien. Les gens oublient Dieu et le matérialisme vivant. Le mal est grand et effrayant. Nous devons respirer, repenser les valeurs et évoluer. Rien n'est par hasard. Nous devons faire la différence.

Gardien

Soit cette différence dans la vie des gens. C'est pour ça qu'on est là. Célébrez la vie.

Renato

Toujours le changement. Ne sois pas heureux d'être juste une personne commune. Utilisez vos bonnes œuvres et aidez le monde.

Alexis

Je le ferai. Merci à tous.

## *Un paradis au milieu de la mer*

La troupe du médium navigue dans la mer. Un coup de vent suivi d'une brise mince frappe le navire. Il est temps de se concentrer sur l'équipe.

Divine

La nuit tombe. On navigue dans la mer depuis des heures, mais aucun signe de vie. Je perds espoir. Qu'est-ce qui nous attend ?

Gardien

Doucement, rêveur. Il faut de la patience et de l'espoir. On va se rapprocher d'une île dans quelques minutes. Je sens que tout ira mieux. Croyez-le.

Renato

C'est toi qui nous as appris à prendre la précaution et la foi. Ne me laisse pas tomber, cher ami. Continuons à essayer.

Divine

C'est exact. Vous m'avez convaincu. Allons-y.

Deux heures plus tard, ils arrivent enfin à l'Archipel de la noix de coco. Un paysage luxuriant se montre dans vos yeux. Les îles sont couvertes par une forêt tropicale. Beaucoup d'animaux, de végétation riche et d'espèces marines. Les montagnes, le sol élevé et les grandes quantités de noix de coco caractérisent la pertinence.

Gardien

On est venus se reposer. Il me semble un endroit très mystique. Je sens des vibrations positives intenses. Qu'en pensez-vous, fils de Dieu ?

Divine

C'est un endroit charmant. Je me sens bien ici. Et toi, Renato ?

Renato

C'est comme un endroit de mes rêves. La nature riche, le beau temps et le mystère. C'est tout ce que je voulais.

Jasmine

Bonne nuit, tout le monde. D'où viens-tu et que veux-tu ?

Divine

Je suis le médium. Nous sommes une équipe d'aventuriers et nous cherchons l'aventure. Et toi ?

Jasmine

Je suis l'administrateur de l'île. Je vois que tu es fatigué du voyage. Je vous offre de la nourriture et du repos.

Gardien

Merci beaucoup ! On peut mieux se connaître.

Les quatre d'entre eux ont emménagé vers une maison rustique. Petite résidence confortable. Ils sont entrés dans l'endroit où ils sont logés sur le canapé dans le salon.

Divine

Merci beaucoup d'être resté. Pourriez-vous nous raconter un peu l'histoire de cet endroit ?

Jasmine

Ce sera un honneur. L'île fut découvert au début du XVIIe siècle par un capitaine britannique appartenant à la compagnie indienne. Mais bientôt il est parti et l'île est restée inhabitée. Deux siècles plus tard, un marin écossais est arrivé ici qui a fixé la résidence. Après des changements de commandement réussis, le territoire appartient actuellement à l'Australie.

Renato

Comment va l'économie de cet endroit ?

Jasmine

Nous produisons la noix de coco et le copra et importons le reste des produits.

Gardien

Comment est le temps ?

Jasmine

Le climat est bon, la pluie et le soleil convenable. Dans les premiers mois de l'année, on a été en action cyclone. Mais dans l'ensemble, c'est vraiment sympa de vivre ici.

Divine

On a des légendes ici ?

Jasmine

Plusieurs. Il y a des informations sur des gens qui ont vu des fantômes. Beaucoup de marins sont morts ici à distance. Mais je ne crois pas ça. Je n'ai jamais rien vu d'inhabituel.

Gardien

C'est vrai ou pas, c'est un endroit très intéressant. Nous sommes en voyage sans précédent. Nous devons connaître le monde pour nous comprendre. Nous voulons connaître notre place dans le monde. Dans tous les endroits où nous avons atterri, de nouvelles émotions. C'est pour ça que c'est si important pour vous.

Jasmine

Je suis content de contribuer. Tu as déjà laissé ta marque. Tu es gentil, intelligent et spiritualiste. C'est un plaisir de vous avoir.

Renato

Je vous remercie au nom de tout le monde. Cela devient très intéressant. Cela contribue à notre connaissance. N'oublions jamais ces moments.

Jasmine

Mettez-vous à l'aise. Vous faites partie de l'histoire de l'île. Tu me manqueras quand tu partiras.

Divine

C'est inévitable. Nous sommes des citoyens du monde. Nous avons de bonnes expériences et oublions les mauvaises expériences. C'est un processus évolutionnaire de l'âme. Ton aide est très bonne. Reposons-nous. La prochaine aventure promet.

## *Sur l'île de l'Ascension*

La troupe médium a traversé l'océan en compagnie du navigateur portugais John de Nova. C'était des moments d'angoisse et d'excitation à cause des tours du voyage.

John de Nova

Nous approchons de l'île de l'Ascension. On doit arrêter de ravitailler. Nous devons trouver de la nourriture, du carburant et reposer les instruments du vaisseau. Il y a une usure naturelle de tous les composants du navire. Comment vous sentez-vous, jeunes rêveurs ?

Divine

On va bien. Content que tu aies eu une pause. On s'ennuie tellement avec ce voyage. Nous devons aussi ravitailler notre énergie spirituelle, équilibrer les forces opposées, contrôler les chakras, imploser l'aura intérieure et donner notre cri de liberté. Qu'en pensez-vous, maître ?

Esprit de la montagne

C'est un point de rendez-vous de nos buts. Le destin nous appelle à réfléchir, à nous interroger sur tout ce que nous avons vécu, à vivre de nouvelles situations. Bref, les aventures nous appellent à agir. Je ressens des vibrations positives de tous ceux qui nous accompagnent. Comment te sens-tu, Renato ?

Renato

Je me sens ravie de savoir sur la terre. Je suis un être terrestre par nature.

John de Nova

Très bien. Je suis heureux pour nous tous. Allons-y.

## *L'arrivée sur l'île*

Les marins atterrissent. Le soleil est fort et les vents forment une brise mince dans la direction sud-est de l'île. Comme le temps était bon, ils commencent à construire une simple cabine. Peu après, le refuge est prêt.

Renato

Je pense sérieusement à marcher sur l'île. Ça a l'air d'être un bon endroit.

Divine

Je le sens aussi. Je n'ai pas été en pleine journée. L'environnement du navire n'est pas approprié pour les exercices physiques. Nous savons combien c'est important pour le corps.

Esprit de la montagne

Puis je propose une promenade de presse. Bien que ce soit une bonne rétrospective, on ne sait pas ce qui secret l'île. La précaution doit être le point principal à observer à ce stade.

John de Nova

Je vais te raccompagner. Ne t'inquiète pas. Je suis un homme très expérimenté.

Ils ont fait ce qu'ils ont accepté. Ils ont commencé une promenade commune le long des sentiers de l'île. L'endroit était caractérisé par la végétation flippante, sèche et stérile. Dans leur entreprise, chèvres, vaches et chevaux qui ont saisi. Sur la côte, il y avait des oiseaux de mer et des tortues.

La marche commence à ralentir. Le soleil était prudent ce qui a causé des sueurs et des épuisements.

John de Nova

J'ai fait un point de vous suivre pour la sécurité. On ne sait pas qu'on peut le trouver ici.

Esprit de la montagne

Quoi qu'il arrive, nous sommes prêts, monsieur. Nous sommes une équipe compétente dans les aventures. Il semble que le danger soit toujours à notre portée. Dans mes millénaires d'expérience, j'ai appris à affronter les situations très légèrement.

Renato

Ma mère adoptive est géniale. J'ai appris des choses importantes de toi, maman. Je suis plus confiant autour de toi.

Esprit de montagne

Je suis content, fiston. J'adore cette mission d'être ta fausse mère.

Divine

J'admire votre syndicat. Je suis plus expérimenté et complet parce que je vis avec les deux. C'est extrêmement important pour ma carrière littéraire.

John de Nova

Oh, mec ! Je suis submergé par ta capacité. On est au bon endroit et au bon moment. On est venus briller !

Ils traversent beaucoup de l'île. Près d'un abîme, ils s'arrêtent un peu pour observer le paysage caractéristique de l'endroit. Un vieux grand, fort, viril, noir, se présente.

Protecteur de l'île

Je suis le protecteur de l'île. Pourriez-vous expliquer pourquoi vous êtes venu ?

John de Nova

Nous sommes venus en mission de paix. On repose un long voyage.

Protecteur de l'île

D'accord ! Mais je vous demande de partir dès que possible. Cet endroit est mon territoire. Je n'aime pas être dérangé par personne.

Esprit de la montagne

Nous comprenons parfaitement. Ne t'inquiète pas. On part demain.

Divine

On est des gens bien. On ne va pas te faire de mal. Pouvez-vous me dire pourquoi toute cette peur ?

Protecteur de l'île

Ce n'est rien contre vous. Mais j'étais un sorcier vicieux. Si quelqu'un reste sur l'île pendant plus de sept jours, je disparais. Donc, je demande la coopération de tout le monde.

Renato

Pas de problème, mon pote. On ne vous empêchera pas.

Comme le maître l'a promis, ils se retirèrent de l'île et retournèrent au navire. Il y avait encore beaucoup de choses à vivre dans leurs promenades dans le monde.

La fin

www.ingramcontent.com/pod-product-compliance
Lightning Source LLC
LaVergne TN
LVHW020450080526
838202LV00055B/5405